KB097732

한 사람이 있었다

한 사람이 있었다

이재무 시집

열림원

어릴 적 이웃 마을에 숙이라는 이름을 가진 소녀가 살고 있었다. 그 시절 그녀는 내 세계의 전부였다. 그녀로 인해 아프고 행복했다. 내 시의 베아트리체였던 그녀에게 고마운 마음을 전한다.

차례

2부

3부 ——————

1부

노래를 위하여

그대가 들을 수 없다면
내가 부르는 노래가
무슨 의미가 있으리오
내 노래는 온전히
한 사람을 위한 것
노래를 경청하는 이여,
너는 나의 환희
나의 고독
매 순간 절벽에 와서
흩어지는 물방울같이
나는 지치지 않고
노래를 불러요

모순

장미는 순수한 모순이다
릴케는 말했지만
사랑만큼 순수한 모순은 없다
나는 사랑을 통해 순수한
삶이 모순이라는 것을 섬광처럼 깨달았다
그렇다 일사불란한 사유와 체계는
기실 얼마나 음험하고 불순한가
사랑은 황홀한 재앙이듯
세계 내 모든 진실한 것은 모순이다

떨림

북극을 향해 바늘 끝이 떨리지 않는다면 지남철은
무용한 쇠에 지나지 않는다

서로를 향한 떨림의 촉수가 그쳤을 때 너와 나는
무연한 상대에 지나지 않는다

바다는 동요하지 않는다

벼랑에 부딪혀 깨어지는
포말 때문에 바다는 달라지지 않는다
어느 날 큐피트의 화살이
가슴을 관통한 것은 내 의지가 아니었지만
그날 이후 겪어야 했던 숱한 가슴앓이는
온전히 내 생이 지고 가야 할 짐이었다
사랑은 달콤한 미끼로 얼마나 많은
황홀한 고통을 안겨주었던가
누구도 개체의 운명을 주관하는
무정한 실재의 의지를 거역할 수 없다
바다는 벼랑에 부서지는 파도에 동요하지 않는다

파도와 바람

바람을 볼 수가 없다
파도가 거듭 몰려와
쉴 새 없이 흔들고 때려도
벼랑은 움쩍하지 않는다
부딪혀 깨어지는 파도는
바람이 만드는 것
파도는 원망하지 않는다

해안선

바다의 마음을 읽고

뭍의 마음도 읽었네

해안선은 신이 그은 선

누구도 변경할 수 없다네

천년만년 뒤를

꿈꾸며 넘쳐오는 파랑

운명 1

광대무변 우주 속
하나의 별에서 온 나와
또 하나의 별에서 온 네가
생의 궤도에서 옷깃 스친 뒤
순간을 영원처럼
잊을 듯 차마 못 잊어
선혈 찍어 마음 그리는 것은
내 의지가 아니다
지구별을 다녀가는 나그네
너와 내가 사람을 벗고
숨 탄 곳으로 되돌아가
수억 광년 떨어진 자리에서
무연하게 서로를 반짝이는
그날이 오기까지
그칠 줄 모르고 타오르는
영혼의 외로운 불은
내 신념이 아니다

신이 베푼 가혹한 선물이다

운명 2

    그 나무는 바닷가에 태어난 이유로 평생 소금을 품은 바람에 시달려야 했다. 나무가 그곳에 태어난 것은 그의 의지가 아니었다. 나무의 울음을 들을 수 없는 사람들은 바람이 만든 나무의 뒤틀린 형상을 카메라에 담는 데 열중했다.

사랑의 평행이론

평행우주란 우리가 살아가고 있는 지구와 평행선 상에 위치한 또 다른 세계가 헤아릴 수 없이 많다는 말이다. 지금 지구에서 나는 시인으로 살아가고 있지만 어느 평행우주에서는 시인이 아닌 존재로 살아갈 수 있다는 것, 나는 여기서 결혼하고 자식을 기르며 살고 있지만 어느 평행우주에선가는 독신으로 살아가고 있는 내가 존재할 수 있다는 것을 뜻한다. 요컨대 다른 평행우주에서는 수많은 내가 다양한 방식으로 살아갈 수 있다.

지구에서 살아가고 있는 동안 나는 한 여인에 대한 짝사랑으로 극심하게 마음을 앓아왔지만 어느 평행우주에서는 그 여인이 나를 짝사랑하느라 마음을 앓을는지 모른다. 나는 그녀에 대한 그리움이 간절할 때마다 평행이론을 떠올린다.

닥터 지바고

지바고와 라라의
아프고 아름다운 서사를
보고, 다시 보고, 또 보았다
눈雪을 뒤집어쓴,
벌판에 누군가 버리고 간
19세기식 낡은 별장에
한 무리의 늑대 몰려와
날카로운 울음의 송곳니로
밤하늘의 커튼 찢어대는
혹한의 한밤중
얼어붙은 성에 손등으로 긁어내고
침묵으로 바깥 응시하다가
책상 위 두껍게 쌓인 먼지 쓸어내고
서랍에서 잉크병 꺼내
라라에게 헌정시를 쓰는
지바고가 나는 부러웠다
시를 충동하고,

따끈따끈한 국물 같은 시를
눈으로 먹어줄
가슴 따뜻한 연인을
곁에 두고 사는 것처럼
시인에게 축복이 어디 있으랴
그러므로 그 밤, 지바고가
언 손 녹여
써내려간 서정은
순결한 영혼의 여인 것이다
참혹한 광기와 궁핍의
시대를 살다간 라라와 지바고
불운하였으므로 사랑의 불꽃
뜨겁게 타올랐고
불행하였으므로 사랑의
꽃 찬연하였다
지바고의 시는
자신과 라라의

유랑과 고독을 숙주 삼아 쓴 것

세기의 사랑은

고난을 기쁨으로 먹고 자란다

아포리즘

– 모든 사랑은 나에게서 시작해 나에게서 끝난다[*]

사랑이란 타자와의 관계를 통해 결국 자신을 이해하고 사랑하는 것이다. 이것은 자기애와는 다른 것으로 진정한 사랑은 파괴적이고 소모적인 집착이 아니라 자기 극복이기 때문이다. 집착은 자신을 짐승의 수준으로 전락시키지만 사랑은 자기를 성숙시킨다. 니체의 위버멘쉬처럼 철저한 몰락 이후 변신이 이루어지는 것, 그것이 사랑의 본질이다.

[*] 박상우 소설가의 에세이 『검색어 : 삶의 의미』에서

2부

한 사람 1

최초로 그리움을 심어준 사람

결락의 고통을 안겨주고

부재의 허무를 살게 하여

나를 깊이 만든 사람

세계가 비밀로 가득 차 있다는 것을

깨우친 사람

바람을 예민하게 느끼고

구름과 별과 달에 눈길이

머무는 습관을 심어준 사람

비와 눈 속을 걷게 한 사람

그 흔한 달개비꽃이 아름답다는 것을 알게 하고

기차와 여관과 해안선과 강안을 좋아하게 만들고

바다의 수평선과 연緣을 맺어준 사람

슬픔이 거름이고 힘이고 지혜를 준다는 것과

나를 울게 한 이는 나라는 것을 알게 한 사람

모국어와 사랑에 빠지게 하고

마침내 시를 쓰게 한 사람

한 사람 2

한 사람 속에 만인이 있습니다

한 사람 속에 세계가 있습니다

한 사람을 만나면 천하를 얻고

한 사람을 보내면 세계가 사라집니다

새벽이슬마다에 별꽃이 피듯

한 사람 안에 만인이 피어납니다

사랑은 한 사람을 사는 동안

만인을 피우는 일입니다

찔레꽃

바라만 보아도 눈부셔
차마 다가갈 수 없었던 사람을
뒤에 두고 세상 가설무대를
떠돌며 돌처럼 단단한 눈물
속으로 삼키어왔다
간간이 꽃 소식 들려왔지만
그럴수록 더 멀리 달아나려 애썼다
시간의 마디는 더디고 아팠으나
돌아보니 어느새 그날로부터
아득히 멀어져
나의 강은 바다에 다 와가고 있다
해마다 피어 가슴을 붉게 물들이고
통점을 불러오는 꽃
지금도 눈부셔 멀리서 안타까이
눈짓으로만 지켜보는
오월의 찬란한 눈물

두 사람

기념해야 할 일이 생겼을 때 두 사람이 떠올랐다. 그러나 한 사람은 삶 바깥으로 떠난 지 오래였고, 또 한 사람은 소식을 알 수 없었다. 기쁨의 원인이 었던 두 사람에게 기쁨의 결과를 전할 수 없었던 그 날 나는 밤늦도록 강가를 거닐었다. 하늘 정원에 핀 별꽃들 글썽글썽 웃고 있었다.

나의 길

너를 향한 길이었다

타지에서 밥을 구하고

술집에서 계통 없이 떠들거나

도회의 골목과 마을 벗어난

강가 배회하고

북유럽의 중소도시와 북경과 항주와 남만주와 하
노이와 프놈펜과 북해도와 미국의 동부 도시들과 강
원도 오지와 남도의 항구도시들을

집시처럼 떠돌 때

나는 너를 향해 걷고 있었다

카페 구석 후미진 자리

책을 읽거나 시를 쓰거나

거리와 광장에서 독재에 맞서 돌 던지며 울분 토
하거나

홀로 노래방에서 흐느끼듯 노래 부르거나

새 울음소리 돋아나는 호젓한

산골길 걸을 때에도

그대라는 바다를, 나는
한 마리 고래 되어 항진하고 있었다
파랑 일렁이는 산맥을 타고
숨차게 달리는 바다 늑대
그러나 아무리 달려도
그리움의 곳,
아득하고 살아서는 닿을 수 없는
슬프고 높고 외로운 길을 나는
숙명처럼 걷고, 달렸다
나의 길은 너를 향한 길이었다

당신을 떠난 뒤

당신을 떠난 뒤 나는
눈먼, 거리의 악사가 되었습니다
연주와 노래가 산 넘고 강 건너
당신 사는 마을에 닿을 날 꿈꾸며
그러나 오롯이 당신만을 위한
내 노래와 연주는
맹목의 초록 더욱 짙게 하고
강물의 수위 높이고
시름겨운 이들 눈물을 닦아주었습니다
계단이 무릎을 켜듯
세상이 나를 연주하던 날도 있었습니다
당신을 떠난 뒤 나는
거리의 악사가 되어
슬프고 높고 외로운 노래를 불렀습니다
노래가 밤하늘로 번져 별꽃으로
활짝 피어나기를 꿈꾸며

폭우

밤새 폭우와 바람 몰아쳐 울타리 밖 나뭇가지들 울부짖는 소리에 자다 깨다 하였다. 날 개인 아침 안부가 궁금하여 찾아가니 바닥 여기저기 파지 같은 이파리들 몇, 부러진 가지 몇, 흩어져 있었다. 그러나 나무들 표정은 어제보다 밝고 환하고 푸르렀다. 어젯밤 나무의 오르가슴, 나무의 황홀을 비명으로 잘못 들었나보다. 빗자루 든 경비 아저씨께 나는 망설이다 저녁까지 쓸지 말아주세요, 하였으나 아저씨는 내 말과 함께 쓸어낸 이파리와 가지 부스러기를 마대자루에 담고 있었다.

출구가 없다

사람아, 사람아,
통발에 든 물고기같이
평생을 수인으로 살다가
죽어서야 자유로운 사람아,

늦가을 빈 밭
홀로 남은 수수깡처럼
깡말라 수척해진 영혼아,
사람 안에 갇혀
출구를 잃어버린 사람아,
탕진의 세월 속
황홀한 고통 앓는 사람아,

이것은

형상도 냄새도 소리도 없는 이것은
어디에서 생겨나 어떻게 사라지는가
먼지처럼 부산스럽게 북적이다가
이내 물 젖은 종이처럼 차분히 가라앉는가
육체의 땅속을 흐르다가
몸의 지면 뚫고 불쑥, 분수처럼 솟구치는가
젖먹이 아기처럼 순하게 잠들었다가
해일처럼 몰아쳐 평정의 수면 갈가리 찢어놓는가
가축으로 순응하다가
맹수로 날뛰는가
몸 안쪽에서 일어나 바깥으로 부는 바람
가축과 짐승 사이를 오가는 시계추여!

길 걷다가

길 걷다가 꽃 보면 쭈그려 앉아 들여다본다네. 귀도 한껏 열어놓고 골똘히 들여다보노라면 꽃 속에서 그 옛날 혼자서 몰래 엿듣던 목소리 우렁우렁 들려온다네.

그리움

갓 쪄낸 옥수수 냄새가 좋다
옥수수 냄새는 나를 아득한 과거로 데려간다
옥수수 냄새를 맡기 위해 옥수수를 먹는다

엎지르다

저녁을 먹다가 국그릇을 엎질렀다
남방에 튀어 오른 얼룩을
수세미에 세제를 묻혀
박박 문질러 닦다가
문득 지난날들이 떠올려졌다

살구꽃 흐드러진 봄날
네게 엎지른 감정,
울음이 붉게 타는 늦가을
나를 엎지른 부끄럼
시간을 엎지르며 나는 살아왔네
물에 젖었다 마른 갱지처럼
부어오른 생활의 얼룩들

자전거를 타고 싶다

자전거를 타고 싶다

셔츠 단추 두세 개 풀어

앞가슴 드러낸 채

신나게 페달을 밟고 싶다

장발 휘날리며

옛날의 단발에게 휘파람 불고 싶다

햇살 튕겨내며 반짝이는 은륜

스무 살 청년 되어 들길 달리면

세상도 푸르게 젊어지고 건방지겠지

자전거를 타고 싶다

구르는 바퀴 속으로 빨려 들어가

둥글게 구르다가 길게 뒤로 남는 길

그날로 되돌아가

자전거를 타는 동안 나는

그녀의 환심 사는 애인이 되겠지

윤슬

햇빛 받아
반짝반짝
강의 기쁨일 거야

달빛 스며
글썽글썽
강의 슬픔일 거야

강은 울고 웃으며 흐른다
바다에 미쳐 죽을 때까지

너를 알고 난
후의 나의 생처럼

엉엉 웃는다

그까짓 것 단풍 때문에 왜 우노?

그까짓 것 단풍 때문에 왜 우노?

그까짓 것 단풍 때문에 왜 우노?

그까짓 것 단풍 때문에 엉엉 웃는다

춘우 春雨

치운 봄비 내린다
몸 열고 나간 마음
이곳저곳 배회하다가
오돌오돌 떨며 들어온다
들뜬 흥분 가라앉는다
오래전 춘사로 애끓을 때
올라가 앉았던 산
너럭바위 떠올린다
내려오는 길 경사 가파른
등성이, 수직을 놓지 않던
소나무들 눈에 선하다
흘러간 사랑이 돌아오랴
추위 떠는 마음
안으로 들여 다독인다

풍경

마음 다쳐 아플 때 풍경을 바른다
꽃향기를 바르고 초록을 바르고
햇볕을 바르고
빗소리, 새소리를 바르고
달빛, 별빛을 바른다
마음 부어 아플 때 풍경을 감는다
구름을 감고 바람을 감고
강과 계곡과
바다를 둘둘 말아 감는다
너에게 넘어져
마음이 피 흘릴 때
풍경 속으로 들어가 풍경이 된다

안부

하루의 첫 페이지를 여는
아침 산책길
나무 위에서
후드득 떨어지는
새 울음의 빗방울
마음의 어깨가 흠뻑 젖었네
먼 곳에서 삼삼한 사람
문득 안부가 궁금해지네

병적인 그리움

홋카이도를 다녀온 적이 있다. 북해도는 과연 소문처럼 눈 천지였다. 가도 가도 눈, 쌓인 눈 위에 또 내려 쌓이는 눈, 혹한의 눈 속 뚫고 활화산이 타고 있었다. 나는 그해 겨울 북해도에서 허기진 내면을 들여다봤다. 다 식어 차가와진 몸속에서 도무지 지칠 줄 모르고 타는, 화수분처럼 이글거리며 솟아오르는 병적인 그리움을 보고 있었다. 나는 내가 무섭고 징그러웠다.

4월의 노래

- 박목월 운韻을 빌려

목련꽃 그늘 아래서

누군가 보내온 문자를 읽는다

구름꽃 피는 언덕에서

수취인 없는 편지를 쓰고

클로버 피는 길가에 각혈을 한다

아, 멀리 떠나와

낯선 곳에서 낮술을 마시노라

돌아온 사월은 죽음의 재를 날리고

노래 대신 목 놓아 통곡하노라

어두운 절망의 계절아,

눈물 어린 무지개야,

아아, 멀리 떠나와

산골 나무에 기대어

물 젖은 별들을 보노라

사월이 오면

사월이 오면 미치고 싶었다.

온 산야 뛰어다니며

하늘이 멍들도록 소리치고 싶었다.

사월이 오면 미치고 싶었다.

세상 율법을 버리고

한 마리 야생으로 태어나

울음의 날카로운 이빨로

하늘 광목 북북 찢고 싶었다.

계절의 방화범인 사월은

여기저기에 함부로 꽃불,

초록 불을 내지르고

내 마음도 활활 타서

발바닥 뜨거워지는

사월이 오면 봉두난발로 날뛰며

세상 울타리 마구 짓밟아

넘겨트리고 함부로 죄를 낳고 싶었다.

바람

비를 몰고 오는 바람 앞에서 파랗게

자지러지며 환호작약하는 여름날 나무들같이

청춘의 한때 누구나 죽음 같은 환희를 앓죠

그러나 영원히 부는 바람은 없어요

불시에 불어오듯 불시에 사라지죠

바람이 지나간 자리

썰물 뒤의 개펄처럼 생에 주름이 생기고

고독은 파랗게 눈을 뜨죠

부러진 가지 끝, 슬픔의 수액이 맺히고

부은 발등 위 일찍 저버린 시간의 잎들은 쌓이죠

독감처럼 거듭 찾아오는 바람 앞에서

존재는 불안으로 펄럭이겠죠

안쪽에서 생겨난 바람이 바깥을 흔들기도 하면서

그렇게 그늘이 넓어지고 두꺼워지죠

터진 생명의 튜브 더 이상 땜질이 힘들 때까지

바람으로 푸른 신명을 살고 바람으로 고달파지죠

꽃들이 미웠어요

꽃들이 미웠어요

내 마음은 어둠인데

어찌 저리 밝을 수 있나요?

태어나 처음으로

꽃들을 미워했어요

장기수

사는 동안 제일 무서운
감옥은 사람에게 갇히는 일
너에게 갇혀 오랜 세월
아프고 행복했다
갇히는 일은 고통이며 매혹
나는 너라는 감옥에 갇혀
황홀한 재앙을 살았다
스스로 걸어 들어가
형기를 마칠 때까지
그리움의 장기수로 살았다

거미의 방

먹이에 눈먼 날파리로 달려가마

나의 온 생을 가두어다오 끈적끈적한

그대 사랑의 감옥 안에

갇히고 싶다 파닥거리는 동안이

님이 준 삶의 선물이리라

거미여, 보여다오 모습을

언제나 숨어서 내 생의 전부를 관장하는

그대여, 오늘도 나는 보이지 않는

그대 촘촘한 그물 속으로 투신한다

갇히는 희망 그대여, 늘 깨어 아픈

내 야성野性을 잠재워다오

누군가 나를 울고 있다면

누군가 나를 울고 있다면 나는 행복한 사람인가
누군가를 내가 울고 있다면 그는 불행한 사람인가
수박 속을 수저로 파먹듯 이내 뻔히 드러나는 바닥의,
달착지근한 서로의 생을 파먹다
껍데기로 버려지는 인연의 끝은 얼마나 쓸쓸하고 처
참한가
변덕이 심한 사랑으로 마음의 날씨가 자주 갰다 흐
렸다 한
사람은 알리라
때로 사랑은 찬란한 축복이 아니라 지독한 형벌이라
는 것을
침략자처럼 갑작스럽게 쳐들어온 사랑은
점령군처럼 삶을 제 맘껏 주무르다가
생의 안쪽에 지울 수 없는 화인을 찍어놓고
어느 날 홀연 도둑처럼 떠나버린다
여름날 국지성 호우처럼 그것은 예고도 없이 내리거나
몰아쳐 가문 날의 미루나무 가지와 같이 수척해진

영혼을

　은총처럼 지옥처럼 적시고 뒤흔든다

3부

그리움의 넓이

그리움이 그늘을 만든다
양편으로 늘어서 서로를 향해
가지 뻗어 그늘 터널을 만드는
나무들을 본다

나무는 나무가 그리워서
저렇듯 손 뻗어 닿으려 애쓰는 것이다

산책 나온 개가
개를 만나 꼬리 흔들어 반기듯
바람이 불자 나무들은
일제히 나뭇잎들 흔들어댄다

그늘 속으로 몸 담그며
먼 곳의 그를 조용히 불러본다

푸른 자전거

그녀는 자전거를 잘 탔다

그녀의 자전거는 세상 얼룩을 닦는 수건이었다

자전거가 지나가면

잘 닦은 유리창처럼 세상이 빛났다

마법 같은 푸른 자전거

자전거가 지나가면

길가 풀잎들 기립박수를 쳐대고

나뭇잎들은 환호작약하며 하얗게 몸을 뒤집었다

안장 위에서 웃는 웃음소리는

종소리처럼 공중에 번져 파문을 일으켰다

열여섯 그녀가 자전거를 타는 날은

세상도 덩달아 열여섯 살이 되었다

악기

내 몸은 그녀 앞에서 악기가 되곤 하였다

나를 연주하는 그녀

그녀가 보이면 내 몸의 현絃은

절로 튕겨져 다양한 음계를 내었다

누구도 들을 수 없는 연주가 아프고 황홀했다

신자처럼

종달새 지저귀는 봄날
산 빛 짙어졌는데
그녀가 부른 동요 탓이라 여겼다

한밤중 개구리 울음
귓속 골목에 붐빌 때
그녀의 슬픔 범람한 때문이라 여겼다

고혹적인 빛깔 농익은 과일들
주린 입들을 유혹할 때
그녀의 우아한 성장盛裝의 영향이라 여겼다

그녀가 누군가를 그리워하니
첫눈은 내려 사물마다 악보를 그리는 거라
신앙을 따르는 신자처럼 믿었다

는개

먼지 이는 메마른 땅에
비의 살결 닿자
흙냄새 연기처럼
자욱하게 피어오른다
콧구멍 크게 벌려
냄새를 한껏 빨아들인다
구수한 땅의 살내
몸의 각 기관 속으로
흐르고 번지고 스민다
안 잊히는 얼굴 하나
뽀얗게 떠오른다

소년이었을 때 나는

소년이었을 때 나는
나무 그늘 아래에서 하모니카를 불었지
이웃 마을 소녀를 그리워하며
소년이었을 때 나는 밤길 걸으며 휘파람을 불었지
이웃 마을 소녀와의 만남을 꿈꾸며
소년이었을 때 나는 하늘을 우러러봤지
이웃 마을 소녀의 웃는 소리가 들린 듯해서
나이 들어 나는 초로의 노인이 되었네
그리움도 사랑도 까마득한 옛일 되어버렸네
하지만 꽃 피는 봄, 초록 무성한 여름,
홍엽紅葉의 가을, 눈 내리는 겨울
사물들은 수시로 나를 검문한다네
갓 낳은 새알처럼
두근거리는 감정을 벌써 잊었느냐고

첫사랑

어둠이 빠르게 마을의 지붕을 덮어오던
그해 겨울 늦은 저녁의 하굣길
여학생 하나가 교문을 빠져나오고 있었다.
마음의 솔기가 우두둑 뜯어졌다.
풀밭을 흘러가는 뱀처럼 휘어진 길이
갈지자걸음을 돌돌 말아 올리고 있었다.
종아리에서 목덜미까지 소름 꽃이 피었다.
한순간 눈빛과 눈빛이 허공에서 만나
섬광처럼 길을 밝히고 가뭇없이 사라졌다.
수면에 닿은 햇살처럼 피부에 스미던 빛
고개 들어 바라본 하늘엔
밤의 상점처럼 하나둘씩 별들이 켜지고
산에서 튀어나온 새 울음과
땅에서 돋아난 적막이 길에 쌓이고 있었다.
말없이 마음의 북 둥둥, 울리며 걷던 십 리 길
그날을 떠나온 지 수 세기
몸속엔 홍안의 소년 두근두근, 살고 있다.

묏등에 누워

　고향에 가면 고향 집보다 먼저 뒷동산에 오른다 묏등에 누워 팔베개에 눈 반쯤 감고 바라보면 어지러운 날파리 떼 사이로 강경江景 향해 달음박질하는, 당숙의 젊은 날 팔뚝 같은 신작로가 보이고 키 작은 산들 마을 쪽으로 내려오고 싶어 안달하는 모습들이 다습고 무엇보다 건넛마을 어릴 적 내 별이요 꽃이었던 숙이네의 동향집이 이마에 가깝다 그 애의 단발머리와 깨꽃 웃음이 환하다 묏등에 누워 있으면 세상이 조금은 만만해 보이고 서울서는 못 버린 노여움도 버릴 수 있다

흑백사진

우울할 때 사진을 꺼내 보는 버릇이 있다
흑백사진 속 웃고 있는 소녀의
해맑은 눈동자 들여다보면
느개 같은 우울의 습기가 휘발되는 것이다
사진은 우울의 진정제
순식간에 나를 과거로 되돌려
잃어버렸던 것들을 되돌려준다
질 나쁜 감정을 몰아낸다
사진은 힘이 세다
울적할 때 흑백사진 속으로 들어가
한참을 머물다 온다

정오에서 두 시 사이

유년의 여름은 무겁고 지루하였다
정오에서 두 시 사이
어른들은 오수에 빠지고
더위에 지친 악동들도 나오지 않았다
나는 심심하고 적적하여
사립 나서 멀리,
뱀의 등같이 휘어진 신작로 따라 걸었다
차 한 대 다니지 않는 길
길가 풀잎 사이로 흰 연기 피어오르고
생각난 듯 흙먼지 풀썩이다 가라앉았다
그 애와의 해후를 꿈꾸며
더위가 우거진 길
수심 깊은 어린 시인이 되어
하염없이 걷고 걸었다

소년

가슴속에서
잉걸불 같은 그리움이
일렁일 때마다
휘파람 불며 숨차게, 언덕을
오르내리던 소년
귀밑에서 턱까지
구레나룻 우부룩하게 자랐을 때
선술집 들러 성년식을 치루고
도도하게 취흥에 겨워 잠들었다
깨어나보니
순식간에 세월은 흘러
머리 희끗한 장년이 되어 있었다
그러나 몸속
소녀와 소년은 늙는 줄을 몰랐다

그 집 앞

비 오는 날은 현제명 작사 작곡의 〈그 집 앞〉을 부르며 산책하는 버릇이 있었습니다. 마음속 그 집 앞을 오가며 빗속의 빗줄기를 세다가 눈에서 굵은 빗줄기가 쏟아진 날이 있었습니다.

토끼풀

토끼가 좋아하는 풀은 씀바귀였다
집집마다 앙고라토끼를 기르고 있었다
악동들은 방학 내내 온 산야를 들쑤시고 다녔다

나는 씀바귀 찾는 틈틈이,
웃으면 눈가에 잔잔하게 실뿌리 같은
주름이 생기던 소녀가 우연처럼 눈에 띄기를
소원하며 이리저리 눈 팔고 다녔으나
행운은 주어지지 않았다

저물어 망태기 가득 뜯어온 씀바귀
야금야금 오물오물 먹고 있는 토끼를
바라보고 있노라면 희열의 뭉게구름
몸의 강안에서 몽글몽글 피어오르고는 하였다

그날을 떠나온 지 수세기
옛날을 맛보고 싶을 때면

기억의 텃밭에서 뜯어 온 싱싱한 푸성귀를

아끼듯 천천히 저작하는 게 버릇이 되었다

몽상

다 저녁 고향 마을

뒷산에 오르면

울음 타는 노을 끌어다 덮고

주인 없는 무덤에 팔베개하고 누워

하늘 들판에 핀

흰 구름송이 눈결에 담아

몽상에 취한 어린 내가

두근두근 첫사랑이 살던

키 작은 동향집 기웃대는

늙은 나 올려다보며 헤실헤실 웃음 짓는다

옛 얘기 하며 놀다가

하나둘, 신의 정원에 별들 켜지면

늙은 나와 어린 내가 나란히

어둠 들추며 내려온다

옛길

옛길, 지금은 지워져
희미하게 흔적만 남은 산길
이웃한 사람들 두런두런
핑퐁처럼 말 주고받으며 오가던 길
재잘재잘 소란으로 반짝이던
아이들 등하굣길
포장도로가 생기고
자가용이 늘면서 버려진 길
웃자란 풀숲
벌레들 울음소리 자욱한 옛길
고향에 들를 때마다
두근두근 추억 되새겨 걷던,
지금도 떠올리면 물컹물컹
그리움 솟아나는 울퉁불퉁한 옛길

고향

고향에는 엄니가 살지 않는다
고향에는 첫사랑이 살지 않고
가재와 메아리가 살지 않는다
보리피리 들리지 않고
메워진 우물 정자나무가 죽고
하모니카 소리 들리지 않는다
아이들 울음소리 잦아들어
애기똥풀꽃 저 혼자 무색하다
다 지워진 여름 산길
모기 떼 어지럽고
냇가 찢겨진 폐비닐 속
웃자란 독초
고향에 돌아와도 고향에 돌아와도
꽃들 제철에 피지 않고
달과 별들만 의구하다

일요일 오후

　일요일 오후 당신은 무슨 일 하며 보내나요? 묻는다면 망설이다가 심드렁하게 대답할 것이다. 졸다가 깨다가, 자다가 깨다가 몸속 함부로 구겨진 채 쌓여 있는 울퉁불퉁한 과거들 꺼내 한 장, 한 장 반듯하게 펴는 일을 해요.

시간 여행

　평생 숱한 길 오고 갔지만 내가 좋아하고 아끼는 길은 하나입니다. 강경에서 부여까지 난 사십 리 길. 내가 어쩌다 고향을 방문할 때 강경에 내리는 것은 이 길에 대한 친애하는 감정 때문입니다. 풀어 놓은 넥타이처럼 휘어진 길 해찰하며 걷다보면 계통 없이 몰려드는 흑백의 기억들로 몸속이 소란스럽습니다. 겨울 아침 등교하는 아이들, 짐 자전거에 술통 매달고 허연 김 허공에 내뿜으며 힘차게 페달 밟아대던 이두박근 사내들, 철 따라 피던 꽃들, 하루 한 번 지나던 서울행 금남여객, 가축들 사람들 차들 함께 다녀도 사고 한 번 없었던, 생각난 듯 뽀얀 먼지가 일던, 빚에 쫓긴 이들 야반도주하던, 겨울방학 이면 썰매장이 되기도 했던, 추억이 두껍게 쌓인, 시간이 천천히 흐르던, 짝사랑으로 까닭 없이 가슴이 자갈처럼 튀던, 눈 감고도 넘어지지 않고 걸을 수 있는, 지금은 자동차들만 빠르게 내달리는, 마음속 그 길을 나는 아끼고 사랑합니다.

보리밭을 흔드는 바람

보리밭을 흔드는 바람

과호흡증후군처럼

까닭 없이 숨 가빴지

보리밭을 흔든 바람이

옷섶 파고들 때

네 숨결인 양

흥분으로 몸 달아올랐지

일렁이는 보리밭 푸른

물결에 온 생애 띄워 살고 싶었지

네 사는 마을의 보리밭

이랑 이랑 밟고 온 바람

나를 흔든 그날부터

불치 병자처럼

모국어를 잃는 사람이 되었지

달밤

자전거 바퀴만 한 커다란 달빛 산등성이 타고 있
었다

신이 밟아대는 페달로 산의 팔 부 능선을 굴러가는

은륜의 환한 숨소리 가루약처럼 마을의 지붕 위
하얗게 날리고

삼십 촉 전구 알같이 환한 얼굴 두둥실 떠올라 나
를 비추고 있었다

물꽃들

비 오는 날은 그대 생각 간절해져서 집을 나와 연못가에 앉아 수면에 떨어지는 빗방울들을 헤아립니다. 빗방울 떨어지는 수면에 순간적으로 활짝 피었다 지는 물꽃들은 뿌리가 없으니 고통도 없을 것입니다. 커다란 한 송이 연못 속에 수백, 수천수만 송이 피어나는 물꽃들을 하염없이 바라봅니다.

미루나무

언덕 위 큰 키로 서서 바라보고 싶었다

멀리서 걸어오는 네 모습

바람에 팔랑대는 이파리처럼 나를 들키고 싶었다

밤나무

내 죽으면 고향 집 뒷산 밤나무 아래 묻어다오. 그 나무는 내가 어릴 적 이웃 마을 과수원에서 어린 묘목을 몰래 캐내 와 심은 것으로 몇 해 시름시름 앓다가 병고를 이겨낸 뒤로는 무서운 속도로 자라더니 해마다 말가웃 밤알들을 토해냈단다. 해마다 수확한 밤알들을 엄니가 장에 내다 팔아 잡기장이나 주전부리로 바꿔오기도 하고 남은 것들은 식구들 군입을 달래주기도 하고 그중 실한 것들은 제사상에 오르기도 하였다. 아부지에게 매 맞고 나무 아래 쭈그려 앉아 울기도 했고 까닭 없이 그녀가 그리울 때는 나무에 기대어 하모니카를 불었다. 또, 내가 집을 떠나 타지를 떠돌다 돌아오는 날에는 푸른 귀 같은 이파리들을 흔들어 내 근황을 묻고 풋밤 떨구어 입맛 돋우어주기도 했다. 나는 죽어 한 그루 나무로 태어나 그늘 농사를 짓고 가지마다 성한 열매들을 낳아 심심한 입들을 즐겁게 하고 싶다. 내 죽으면 고향 뒷산 밤나무 아래 묻어다오.

밤길

둘인 듯 혼자 걸었어요
모래 바닥을 흐르는 물소리로
잔잔히 속삭이며 걸었어요

둘인 듯 혼자 걸었어요
내가 노래 부르면 당신이 허밍하고
당신이 노래 부르면 내가 허밍하며

밤의 상점에 하나둘 켜지는
별들을 바라보았어요

밤새 울음 돋아나는 밤길
서로 의자가 되어
혼자인 듯 둘이 걸었어요

4부

—

시월

사과 한 알이 가지를 떠나
땅으로 떨어지자
산속에서 꿩꿩
장끼가 하늘 광목을 찢으며
날아오르는 시월이다
시월은 내려놓는 달
다 익은 열매들이 껍질을
벗고 내려앉는다
내 사랑도 열매를 닮아야 하리
두 손을 움켜쥔 사람은
오르막길을 오르기가 벅차다네
나는 시월이 좋아서
시원하고 환한 모국어를
자주 입에 올린다네
시월의 바람은 목에 감기는 스카프 같고
시월의 비는 살짝 살[肉]을
물었다 뱉고

시월의 햇살은 폭포처럼 쏟아진다네
시월은 호수 같은 달
한지처럼 펼쳐진 시월의 하늘로
일필휘지하며 새가 날고 있다

병을 붓으로

제 몸에 찾아온 병을, 산짐승이 혀로 어르고 달래
듯 마음에 든 병을 붓으로 다스리는 사내. 붓이 지나
간 화선지에 온갖 사물 피어나 향기를 풍기고 있다.

사랑

낮에도 별은 반짝이고
낮에도 별똥별은 떨어지고
낮에도 달은 떠 흐르는데
어둠을 바탕으로 피는 것들을
낮에는 볼 수 없다네

사랑도 이와 같아서
너랑 나랑
한낮을 살 때는 뵈지 않다가
네가 지고 홀로 깜깜해지면

네가 내 생을 반짝였거나
내가 네 생을 흘렀다는 걸
뒤늦게 회한처럼 알게 된다네

사랑의 열쇠고리

프라하 예술의 다리 카를교와

남산타워에 가면

사랑의 열쇠고리들 볼 수 있다

찰칵, 사랑을 채워 영원을 맹세한

커플들 중 그 언약 몇이나 지키고 살까

나도 스물이나 서른이었다면

사랑을, 자물쇠로 채우기를 갈망했을 것이다

하지만 이른 저녁을 사는 나는

사랑은 채울수록 도피를 꿈꾸는 것,

일제강점기 박헌영과 주세죽 같은

세기적 사랑도

시대의 운명을 피할 수 없었듯

개인의 의지와 상관없이

흐르고 움직이고 변하는 것이

사랑이라는 것을 알게 되었다

자물쇠는 사랑의 감옥

하나, 하나 풀고 싶었다

솔기

나는 자주 감정의 솔기가 터지는 사람
아무리 촘촘하게 박음질해도
추억의 손길 다녀가면
저 스스로 우수수 터져
속내 들키는 사람
나는 자주 감정의 솔기가 터져
추회의 눈물 흘리는 의지박약한 사람

쇼펜하우어에게

한겨울 저녁
아궁이에 불을 땐 적이 있다.
부엌문 틈새로 들어온 마파람이
등짝을 시리게 하면
아궁이에 바짝 다가섰다가
불의 손에 할퀴기도 하였다.
불을 쬘 때는 거리가 필요하다.
멀면 춥고 가까우면 델 수 있다.
사랑이여, 서로를 쬘 때 이와 같아라.

밤비

밤사이 비가 다녀가셨나보다
저온의 아침 공기가 공깃돌처럼,
손에 쥐어도 좋을 만큼 동글동글 단단하다
나는 저렇게 몰래 다녀가는 것들이 좋다
몰래 하는 것들은 은근하고 착하고 아름답다
사랑도 그랬으면 좋겠다
온 줄 모르게 다녀가면 아프지 않을 테니까

다시 첫눈에 대하여

하늘하늘 첫눈이 내리고 있네
순결한 모국어가 송이송이 내리네
첫눈
입술을 가만히 열어 발음하면
마음에 몰래 파문이 일었다 지네
상점 입간판에 가로수 가지에 교회 첨탑에
둥근 모자에 내려앉고
고개 젖힌 여자의 젖은 눈썹에도
내려 녹는 눈
살결에 닿자마자 깊게 스미는 눈
크리스마스가 아직 멀었는데 캐럴송 우런하게 들
려오네
눈에 밟혀오는 살가운 얼굴
연기처럼 피어오르는 추억
저녁 새가 둥지를 찾아
도시의 지붕 밑을 낮게 날고 있네

뒤적이다

망각에 익숙해진 나이
뒤적이는 일이 자주 생긴다
책을 읽어가다가 지나온 페이지를 뒤적이고
잃어버린 물건 때문에
거듭 동선을 뒤적이고
외출복이 마땅치 않아 옷장을 뒤적인다
바람이 풀잎을 뒤적이는 것을 보다가
햇살이 이파리를 뒤적이는 것을 보다가
달빛이 강물을 뒤적이는 것을 보다가
지난 사랑을 몰래 뒤적이기도 한다
뒤적인다는 것은
내 안에 너를 깊이 새겼다는 것
어제를 뒤적이는 일이 많은 자는
오늘 울고 있는 사람이다
새가 공중을 뒤적이며 날고 있다

등대지기

죽어 하늘의 등대지기가 되겠습니다

달을 켜고 별을 켜

밤길 걷는 당신의 길 밝히겠습니다

비 오는 날에도 눈 오는 날에도

마음속에 영원을 켜두겠습니다

나는 죽어서야 당신을 살겠습니다

딸기 2

내 마음 산비탈
기다림의 딸기 한 송이
곱게 피었습니다
익을 대로 다 익어서
단맛 뚝뚝 떨어지는
딸기 한 송이
언젠가 당신이 먼 여행에서 돌아와
갈증의 세월
해갈하고 싶을 때를 위하여
사랑의 딸기
모진 비바람 눈비 속에서도
지지 않고 더욱 붉게
제 살 태우며 빛나고 있습니다

몰래 온 사랑

밤사이 비가 다녀가셨다
　우리가 잠든 사이 도둑처럼 오셔서 산과 들을 깨
끗이 쓸고 가셨구나

　나는 이렇게 몰래 다녀간 것들이 좋다

　몰래 온 비
　몰래 온 눈
　몰래 온 사랑

　몰래 와서는 존재의 흔적을 남기고 가는 것들

　몰래 들어와 내 안에서 기숙하는 사랑아,

올 때처럼 갈 때에도 몰래 가거라

바람과 나뭇잎

　바람과 나뭇잎들의 수작을 보고 있자면 이들이 하는 행위가 영락없는 사람의 그 짓을 닮았습니다. 바람의 구애를 수락할 때의 나뭇잎은 표정과 몸짓이 곰살맞기 그지없다가 바람이 난폭하게 굴면 나뭇잎도 사뭇, 표정이며 몸짓이 사나와져 있습니다. 그러다가 바람 없을 때 나뭇잎 풀 죽은 표정은 안쓰럽기 그지없습니다. 천년만년 물리지도 않게 나뭇잎에 거는 바람의 수작도 인간이 하는 짓을 고스란히 닮았습니다.

구부러지다

강은 강물이 구부린 것이고

해안선은 바닷물이 구부린 것이고

능선은 시간이 구부린 것이고

처마는 목수가 구부린 것이고

오솔길은 길손들이 구부린 것이고

내 마음은 네가 구부린 것이다

깜깜한 황홀

강풍에 나부끼는 활엽수들
산발한 채 달려드는 빗줄기
불빛의 혀로 감싸 안는 가등들
불어난 물살에
떠밀려 가는 냇가의 돌들

갑작스러운 방문에 부산스러운 것들
깜깜한 황홀의 소용돌이
가라앉은 뒤
낱알 뱉어낸 푹 꺼진 자루로 남아
오래 허전하고 아픈 영혼들

비 오는 날

비 오는 날 나는 나를 데리고 교외로 나가 들판 한가운데 창검처럼 내려 땅에 꽂히는 빗속에 나를 세워두고 돌아왔다. 남겨진 내가 우두커니 서서 멀어지는 나를 지켜보고 있었지만 나는 돌아보지 않았다. 나는 돌아와 비 때문에 눅눅해진 방에 누워서 버려진 내가 우는 소리를 듣고 있다.

환생

죽어 만약 나무로 환생한다면
나는 활엽수로 태어나 살고 싶다
사계마다 다른 색, 다른 크기로
다양하게 감정을 살고 싶은 것이다
비바람이 다녀갈 때 미칠 듯
환호작약하며 나부끼며
마음껏 생명을 노래하리라

갈대에 대하여

갈대는 생각하지 않는다
바람이 오면 바람에
저를 맡겨 흔들리고
비 오면 속수무책 젖었다가
햇볕 내리면 구릿빛 살갗 태울 뿐이다
달빛 젖은 갈대에
기대 우는 사람아,
흐르는 강물 무연히
굽어볼 뿐 갈대는 울지 않는다
갈대는 갈 데가 없다

두근두근

몸속 그 많던 두근두근 사라졌다

멀리서 바라만 보아도 둥 둥 둥

마음의 북 사정없이 쳐대던 두근두근

바람 타는 사시나무 이파리처럼

사랑을 타며 설레던 두근두근

어디 가서 찾을까 잃어버린 두근두근

몸속 흔하던 두근두근 사라졌다

일몰의 바다

일몰의 바다에서
장엄하게 타오르는 노을을 본다
내가 보는 노을을
아침 빛으로 맞는 이가 있으리라
내 안에서 한 사람이 빠져나간다
생을 관장하며
환희와 고통을 안겨준 사람
사랑이 아픈 축제라는 것을 깨우친 사람
쓰러트리고 일으키며 단련시키고
성장시켜온 사람이여,
가라, 가서 홀로 빛나는 별이 되어라
지구별에서의 여행은 괴롭고 달콤했다
당신을 배웅하며 나는 울지 않는다
집을 떠나 집으로 가는 우리
당신이 베푼 선물 간직하리라
한때 내 세계의 전부였던 이여,
그러면 안녕!

벼랑

벼랑은 번번이 파도를 놓친다
외롭고 고달픈,
저 유구한 천년만년의 고독
잡힐 듯 잡히지 않고
철썩철썩 매번 와서는 따귀나
안기고 가는 몰인정한 사랑아
희망을 놓쳐도
바보같이 바보같이 벼랑은
눈부신 고집 꺾지 않는다
마침내 시간은 그를 녹여
바다가 되게 하리라

돌아간다는 말

나는 돌아가는 중
어제도 그제도 돌아가는 데 열중했다
태어나서 내가 한 일은 돌아가는 일
왔으니 돌아가는 것
돌아가는 길목에 벗과 의인
강도와 도둑 그리고 천사를 만났지만
나는 길에서 쉴 수가 없다
돌아가서 말하리라
괴롭고 슬픈 일이 있었지만
약 같은 위로와 뜻밖의 사랑과
기쁨으로 걷는 수고를 덜 수 있었노라
나는 돌아가는 중
시간의 가파른 계곡을 타고
푸른 별, 숨 탄 곳
돌아가 나는 마침내 나를 벗으리라

황홀한 고통의 노래

– 이재무 연시집 『한 사람이 있었다』 읽기

오민석 (문학평론가 · 단국대 교수)

I.

눈 밝은 독자라면 현재 한국을 대표하는 서정시인 중의 한 사람인 이재무의 시집들에 가끔 연애 감성을 건드리는 시가 있었음을 기억할 것이다. 오래전 발표된 다음의 시를 보라. 그는 사랑의 "황홀한 재앙"을 자처하는 시인이다.

산 하나 통째로 삼키고도
식지 않는 저 무서운 식탐을 보라
붉은 혀들이 빨고 할퀴고 뱉은 때마다

꾸역꾸역 연기 토해내며 진저리치는 산

(중략)

미친 사랑의 불길이여, 오거라

물기 바짝 말라 타기 좋은 산으로

내 기꺼이 너를 맞아 즐거운 밥이 되나니

건조한 반복보다는 황홀한 재앙 살고 싶으니

─「산불」 중에서

　그는 "미친 사랑의 불길"을 피하기는커녕, 그것의
"즐거운 밥"이 되겠다고 선언한다. 그는 태생적으로
권태("건조한 반복")를 혐오한다. 이번 연시집을 읽으
면 독자들은 육십 대 중반의 이 사내가 왜 이렇게
사랑에 "진저리치"도록 열광하는지를 알게 될 것이
다. 그에겐 '첫사랑'이라는 비밀의 씨가 있다. 그것
은 잊힌 듯 사라졌다가 생의 엉뚱한 대목에서 자꾸
불현듯 출몰한다. 그것은 비존재의 존재이고, 사라
지지 않은 사라짐이다. 첫사랑은 생의 우연한 길목
에서 강도처럼 나타나 그의 몸에 꽃을 피우고, 흔적
도 없이 사라졌다가 "갑작스럽게" 나타나 그의 안다
리를 건다. 그것은 없는 듯 있으며, 있는 듯 없고,
사라졌다가 나타나기를 수없이 반복하는 생의 부표

같은 것이다. 그가 '시인의 말'에서 고백하듯이 첫사랑은 그의 "시의 베아트리체"였다. 그것은 유년기의 시인에게 화인처럼 각인되어, 때만 되면 붉게 타올라 그를 황홀하게 하고, 부재의 고통으로 재앙이 되기도 하는 모순덩어리 에너지다.

중요한 것은 첫사랑이 그의 '몸'의 베아트리체가 아니라 '시'의 베아트리체라는 것이다. 나는 언젠가 발표한 「몸의 언어, 상처의 언어 – 이재무론」에서 그의 시의 동력을 "몸의 굴 속 웅크린 짐승"(「마음의 짐승」)이라 밝힌 바 있다. 첫사랑은 그 안의 짐승이 유년기에 포획한 것이다. 그것은 본능처럼 사라지지도 않고 벌써 육십 대 중반을 살고 있는 시인의 "몸의 굴 속"에서 그와 함께 나이를 먹었다. 사랑은 운명적으로 몸을 찾지만, 그의 첫사랑은 평생 몸의 과녁을 빗나갔다. 그것은 실현되지 않은 사랑이고 성취되지 않은 욕망의 대상이므로, 라캉식으로 말하자면 '소문자 대상 a(objet petit a)'다. 그것은 영원한 결핍이고, 결핍이므로 욕망의 기원이다. 그것은 그것으로 채워지지 않으므로, 그것을 대신할 다른 것(타자)들을 필요로 한다. 이재무에게 최종적으로 그것은 시다. 첫사랑에 도달할 수 없으므로 시 쓰는 것을 포함한 그의 모든 행위는 첫사랑에게 가는 것을 대체하는 행위가 된다.

그 흔한 달개비꽃이 아름답다는 것을 알게 하고

기차와 여관과 해안선과 강안을 좋아하게 만들고

바다의 수평선과 연緣을 맺어준 사람

슬픔이 거름이고 힘이고 지혜를 준다는 것과

나를 울게 한 이는 나라는 것을 알게 한 사람

모국어와 사랑에 빠지게 하고

마침내 시를 쓰게 한 사람
—「한 사람」 중에서

시인에게 삶의 모든 행위는 첫사랑의 결핍을 메꾸는 유사–첫사랑이다. 그의 모든 몸짓은 첫사랑이라는 소문자 대상 a에 도달하기 위한 몸부림이다. 그리하여 "마침내" 그는 시를 쓰게 되는데, 시도 그 자체 첫사랑이 아니므로 첫사랑의 완전한 대체물일 수는 없다. 그러나 첫사랑의 결핍이 없었더라면 그가 시를 썼을 리 만무하므로, 첫사랑은 그의 시의 원인이고 기원이다.

카페 구석 후미진 자리
책을 읽거나 시를 쓰거나
거리와 광장에서 독재에 맞서 돌 던지며 울분 토하거나
홀로 노래방에서 흐느끼듯 노래 부르거나
새 울음소리 돋아나는 호젓한
산골길 걸을 때에도
그대라는 바다를, 나는
한 마리 고래 되어 항진하고 있었다
파랑 일렁이는 산맥을 타고
숨차게 달리는 바다 늑대
그러나 아무리 달려도
그리움의 곳,
아득하고 살아서는 닿을 수 없는
슬프고 높고 외로운 길을 나는
숙명처럼 걷고, 달렸다

나의 길은 너를 향한 길이었다

– 「나의 길」 중에서

그에게 첫사랑으로 가는 길은 "살아서는 닿을 수 없는 / 슬프고 높고 외로운 길"이다. 닿을 수 없으므로 역설적이게도 그의 모든 길은 그것을 향해 전력 질주한다. 총력을 기울여도 충족에 실패하는 것은 모든 본능 혹은 욕망의 "숙명"이다. 누가 뭐라 해도 사랑은 본능이고, 짐승의 것이고, "늑대"의 것이다. 문제는 그가 유년기에 그런 치명적 사랑에 감염되었으며, 평생 "신이 베푼" 그 "가혹한 선물"(「운명」)의 황홀한 노예가 되었다는 것이다.

II.

그의 시의 동력은 몸이고 짐승이고 늑대다. 그는 평생 자기 안의 짐승을 다독이며 지냈다. 환갑을 훌쩍 넘긴 사내들의 한숨은 자기 안의 짐승이 사라졌다는 인식에서 유발된다. 늙는다는 것은 자극도, 떨림도, 숨 가쁨도 없는 목석이 되어가는 것을 의미한다. 몸 안에서 짐승의 맥박이 사라지고 광물의 고요가 퍼져갈 때 사랑도 몸을 떠난다. 이재무는 이런 점에서 정반대의 길을 사고 있는 기인이다.

북해도는 과연 소문처럼 눈 천지였다. 가도 가도 눈, 쌓인 눈 위에 또 내려 쌓이는 눈, 혹한의 눈 속 뚫고 활화산이 타고 있었다. 나는 그해 겨울 북해도에서 허기진 내면을 들여다봤다. 다 식어 차가와진 몸속에서 도무지 지칠 줄 모르고 타는, 화수분처럼 이글거리며 솟아오르는 병적인 그리움을 보고 있었다. 나는 내가 무섭고 징그러웠다.
  —「병적인 그리움」 중에서

그가 말하는 몸은 "식어 차가와진 몸"이 아니라 "허기진 내면" "병적인 그리움" 같은 것이다. 누가 육체의 몰락을 막을 수 있는가. 그러나 그에게 "혹한의 눈 속 뚫고" 타오르는 "활화산"은 생물학적 나이와 상관이 없다. 그는 여전히 몸-짐승이지만 그의 사랑은 생물학적 몸을 넘어서는 어떤 층위에 존재한다. 그의 늑대는 본능 혹은 욕망을 가리키지만, 그의 사랑은 몸이 스러지는 국면에서도 스러지지 않는다.

세상 율법을 버리고

한 마리 야생으로 태어나

울음의 날카로운 이빨로

하늘 광목 북북 찢고 싶었다.

계절의 방화범인 사월은

여기저기에 함부로 꽃불,

초록 불을 내지르고

내 마음도 활활 타서

발바닥 뜨거워지는

사월이 오면 봉두난발로 날뛰며

세상 울타리 마구 짓밟아

넘겨트리고 함부로 죄를 낳고 싶었다.

　　－「사월이 오면」 중에서

　이 작품은 이재무 시인이 자신의 내부에 있는 짐승을 고백하는 시다. 해마다 "사월이 오면" 봄꽃이 만발하듯 이재무의 짐승은 "울음의 날카로운 이빨"을 드러내고 여기저기에 온갖 색의 "꽃불"을 싸지른다. 여기에서 그의 파괴 본능은 에로스 본능이면서 동시에 죽음 본능이다. 그것은 죽음을 각오하고 "봉두난발로 날뛰며" 세상의 금기와 싸운다. 그는 평소에도 불의에 대해 누구보다 직접적이고도 강력한 분노를 보여주는데, 이는 그 안의 짐승이 에로스 본능만이 아니라 사회적 저항과 거부를 동시에 포함하고 있음을 알려준다. 그는 통념을 위반하고, 위선적 율법을 조롱하며, "세상 울타리 마구 짓밟아" 위반의 언어를 남발하는 시인이다. 그러므로 그는 야생의 시인이며, 스스로 죄의 아들이 되는 시인이고, 파괴를 생업으로 삼는 시인이다. 이 엄청난 동력을 그는 육십 대 중반의 나이에도 잃지 않고 있다.

독자들이 이재무의 시에 경악하는 것은 그가 나이를 깡그리 뭉개버리는 "방화범"을 스스로 자처하고 있기 때문이다. 그는 평소에 동료 문인들로부터 '빙어'라는 별명으로 불리기도 하는데, 이는 그가 살이 투명한 빙어처럼 자신의 속내를 늘 드러내고 들키기 때문이다. 이 시집에서 이재무는 도달 불가능한 사랑의 열병을 평생 앓아온 자신의 내부를 흘리고 드러낸다. 그는 흘리고 드러내고 엎지르지 못해서 안달이다. 그는 자신을 들키고 엎지르는 일에 놀라운 집중력을 보여주는데, 내가 알기로 이 시집에 나오는 시들의 팔 할은 무려 한 달 만에 쓴 것이다. 그는 평생 자신의 내부에서 울부짖는 짐승의 포효에 주목

하였는데, 지금까지 첫사랑은 그 야생적 전쟁터의 먼 배후였다. 그것은 멀리서 들리는 늑대 울음처럼 아득한 거리에 있었으며, 끝나가는 전쟁의 포화 소리처럼 먼 울림으로만 존재했다. 그러나 최근 들어 그는 자기 안의 이 피 끓는 생명에 갑작스레 주목하게 되었으며, 그것이 지금까지 내부의 모든 짐승을 이끌어온 두목-서사라는 사실을 알게 되었고, 그것을 들키고 싶어서 안달하였다.

> 언덕 위 큰 키로 서서 바라보고 싶었다
>
> 멀리서 걸어오는 네 모습
>
> 바람에 팔랑대는 이파리처럼 나를 들키고 싶었다
>
> ─「미루나무」 중에서

그 자체로 매우 아름다운 은유인 이 시는 도달하지 못한 첫사랑에게 자신을 드러내고 싶어 안달이다. '안달'이라는 말의 사전적 의미는 "속을 태우며 조급하게 구는 일"이다. 그는 체포되고 싶어 안달인 방화범처럼, 첫사랑을 들키고 싶어 속을 태우며 조급하게 군다. 이 조급한 집중, 모든 것을 다 팽개치고 사랑의 은유를 쓰는 일에 완전히 몰두하는 그의 안달이 이 연시집을 만들었다.

먹이에 눈먼 날파리로 달려가마

나의 온 생을 가두어다오 끈적끈적한

그대 사랑의 감옥 안에

갇히고 싶다 파닥거리는 동안이

님이 준 삶의 선물이리라

거미여, 보여다오 모습을

언제나 숨어서 내 생의 전부를 관장하는

그대여, 오늘도 나는 보이지 않는

그대 촘촘한 그물 속으로 투신한다

갇히는 희망 그대여, 늘 깨어 아픈

내 야성野性을 잠재워다오

—「거미의 방」중에서

그의 '병'은 그가 온전히 첫사랑에 갇힐 때 치유된다. 그는 사랑의 "거미"에게 애원한다. 그를 가둬달라고, 그의 야성을 잠재워 그를 얌전한 가축으로 만들어달라고 애원한다. 그의 늑대는 오로지 "사랑의 감옥"에 갇힐 때만 온순한 개가 된다. 시인은 그의 베아트리체가 그의 "생의 전부를 관장"하고 있다는 사실을 안다. 그의 생애는 그 사랑의 "촘촘한 그물"에 갇힐 때 비로소 평화를 얻을 것이다. 그러나 그에게 그런 "갇히는 희망"은 평생 유보되어왔다. 그에게 그런 행운은 일어나지 않았으며, 그것이 일어나지 않았으므로 그의 "야성野性"은 단 한 번도 잠들지 않았다.

수박 속을 수저로 파먹듯 이내 뻔히 드러나는 바닥의,
달착지근한 서로의 생을 파먹다
껍데기로 버려지는 인연의 끝은 얼마나 쓸쓸하고 처
참한가
변덕이 심한 사랑으로 마음의 날씨가 자주 갰다 흐렸

다 한

　사람은 알리라

　때로 사랑은 찬란한 축복이 아니라 지독한 형벌이라

는 것을

　침략자처럼 갑작스럽게 쳐들어온 사랑은

　점령군처럼 삶을 제 맘껏 주무르다가

　생의 안쪽에 지울 수 없는 화인을 찍어놓고

　어느 날 홀연 도둑처럼 떠나버린다

　　- 「누군가 나를 울고 있다면」 중에서

　시인에게 사랑은 마치 기표 아래에서 기표에 닿지
못하고 계속 미끄러지는 기의 같다. 그것은 접속의
순간 버려진다. 첫사랑과 시인은 유동하는 두 개의
층위이며, 엇갈리는 두 개의 길이고, 안착하지 못하
는 두 개의 의미다. 시인에게 사랑은 이 영원한 '불
발'을 견디는 일이므로 "찬란한 축복이 아니라 지독
한 형벌"이다. 시인은 첫사랑에게 영원히 점령당하
길 바라지만, 그것은 도달의 순간 "도둑처럼 떠나버
린다". 그러므로 이 시집은 그런 불행한 시인의 "생
의 안쪽에" 새겨진 "지울 수 없는 화인"의 기록이기
도 하다.

그런데 시인은 왜 첫사랑을 잊지 못하나. 그것이 고통인 줄을 알면서 그는 왜 그 감옥에 갇히고 싶어 할까. 그것은 애초부터 사랑이 상상계의 이미지이기 때문이다. 사랑에 빠진 주체는 자신의 시각으로 거울을 들여다보고 거울상을 자신과 동일시하며 거울 속의 감옥-서사를 황홀한 합일의 상태로 읽어낸다. 그것은 거울상이 만들어내는 착각이고 오인misrecognition 이지만, 그 자체 또 하나의 현실이다.

유년의 여름은 무겁고 지루하였다

정오에서 두 시 사이

어른들은 오수에 빠지고

더위에 지친 악동들도 나오지 않았다

나는 심심하고 적적하여

사립 나서 멀리,

뱀의 등같이 휘어진 신작로 따라 걸었다

차 한 대 다니지 않는 길

길가 풀잎 사이로 흰 연기 피어오르고

생각난 듯 흙먼지 풀썩이다 가라앉았다

그 애와의 해후를 꿈꾸며
더위가 우거진 길
수심 깊은 어린 시인이 되어
하염없이 걷고 걸었다
　－「정오에서 두 시 사이」 중에서

　이재무의 목가적 상상력이 매우 아름답게 형상화
된 이 시에서 상상계의 이미지는 고통조차도 달콤한
기억으로 읽어낸다. 이런 오인은 얼마나 짜릿한 고
통인가. 이 작품 속의 소년은 사랑하는 "그 애와의
해후"에 성공하지 못하지만, 그것을 회상하는 늙은
화자는 그 실패조차도 아름답고 황홀했던 경험으로
읽어낸다. "수심 깊은 어린 시인"은 그 자체 고통이
었지만 아름답고 달콤했던 기억이 된다. 시인은 실
패에도 불구하고 온통 사랑으로 붉게 물들었던 상상
계의 매혹을 잊지 못한다. 실패는 온몸이 찌릿하도
록 뜨거운 갈망의 다른 이름이다. 시인에게 그것은
노스탤지어가 아니라 불타는 현실이다. 보라, 시인
은 "몽상"을 자처하며 즐기고 있다.

　다 저녁 고향 마을

뒷산에 오르면

울음 타는 노을 끌어다 덮고

주인 없는 무덤에 팔베개하고 누워

하늘 들판에 핀

흰 구름송이 눈결에 담아

몽상에 취한 어린 내가

두근두근 첫사랑이 살던

키 작은 동향집 기웃대는

늙은 나 올려다보며 헤실헤실 웃음 짓는다

옛 얘기 하며 놀다가

하나둘, 신의 정원에 별들 켜지면

늙은 나와 어린 내가 나란히

어둠 들추며 내려온다

　－「몽상」 중에서

　이 시에 등장하는 두 주체, 즉 "어린 내"와 "늙은 나"는 완전한 동일시 상태에 있는 거울상의 동지들이다. 제목에서 드러나듯이 시인은 그것이 허상이고 "몽상"인 것을 잘 알고 있지만, 중요한 것은 앎(지식)이 아니라, 느낌이다. 시인은 지식의 초라한 상태 대신 감성의 풍부한 세계를 선택한다. 몽상이고 오인일지라도 주체가 그것을 절실한 것으로 받아들이면, 그것은 현실이 된다. 상상계는 이렇게 상징계 안으로 비집고 들어온 유토피아이고, 이런 점에서 시인의 첫사랑은 상징계의 규범을 뒤흔들며 시인을 황홀한 재앙으로 몰고 가는 동력이다.

일몰의 바다에서

장엄하게 타오르는 노을을 본다

내가 보는 노을을

아침 빛으로 맞는 이가 있으리라

내 안에서 한 사람이 빠져나간다

생을 관장하며

환희와 아픔을 안겨준 사람

(중략)

가라, 가서 홀로 빛나는 별이 되어라

지구별에서의 여행은 괴롭고 달콤했다

당신을 배웅하며 나는 울지 않는다

집을 떠나 집으로 가는 우리

당신이 베푼 선물 간직하리라

한때 내 세계의 전부였던 이여,

그러면 안녕!

짐승의 언어를 동력으로 삼고 있는 이재무 시인의 이 연시집은 의외로(?) 정갈하며 고상하고 품격이 있다. 나는 그 이유를 첫사랑에 대한 그의 절대적 충성에서 찾는다. 그 안의 늑대를 마구 풀어줄 경우, 사랑의 상상계는 깨진 거울이 될 것이다. 그가 이빨을 강하게 드러낼수록 첫사랑의 "그 애"는 상처투성이의 어린 양이 될 것이다. 첫사랑에 대한 이재무의 충성은 처절하도록 절대적이어서 그는 자기 안의 모든 짐승을 살해하며 그것에 다가간다. 자기 안의 짐승을 죽일수록 그 사랑이 더욱 순결한 아름다움으로 빛날 것을 그가 누구보다도 잘 알기 때문이다. 그러므로 위 시 속의 고별사("그러면 안녕!")는 더 큰 충성과 손상되지 않은 사랑의 완결을 위해 그가 내부의 짐승에게 보내는 작별의 인사다. 그가 "내 세계의 전부였던 이"를 절대로 버릴 리 만무하다. 그가 버리는 것은 그 안의 늑대가 만나는 사랑, 늑대에 의해 망가질지도 모를 사랑이다. 그는 잠재적 비극과 헤어지고 사랑의 완성을 선택한다. 그러나 그 버림은 그에게 형벌의 아픔을 부메랑처럼 돌려줄

것이다. 그의 사랑이 "외롭고 높고 쓸쓸한"(백석) 이
유다.

한 사람이 있었다

초판 1쇄 인쇄 2022년 10월 25일
초판 1쇄 발행 2022년 11월 1일

지은이 이재무
펴낸이 정중모
펴낸곳 도서출판 열림원

출판등록 1980년 5월 19일(제406-2000-000204호)
주소 경기도 파주시 회동길 152
전화 031-955-0700
팩스 031-955-0661
홈페이지 www.yolimwon.com
이메일 editor@yolimwon.com

페이스북 /yolimwon
트위터 @yolimwon
인스타그램 @yolimwon

주간 김현정
편집 조혜영 황우정 최연서
디자인 강희철

마케팅 홍보 김선규 최가인
온라인사업 서명희
제작 관리 윤준수 이원희 고은정 원보람

ⓒ 이재무, 2022

ISBN 979-11-7040-148-3 03810